김
소
월

시
집

컬러
일러스트

# 김소월 시집

컬러
일러스트

김소월 지음

북카라반
CARAVAN

# 차례

**1**

산유화     10

나의 집     13

풀 따기     14

엄마야 누나야     16

님의 노래     18

가는 길     20

잊었던 맘     21

옛이야기     22

밤     24

두 사람     25

고독     26

가을 아침에     28

그리워     30

늦은 가을비     31

새벽     33

드리는 노래     34

작은 방 속을 나 혼자     36

예전엔 미처 몰랐어요     37

월색月色     38

사랑의 선물     39


**2**

개여울     42

꿈꾼 옛날     44

기회     45

가련한 인생   47

이불   49

진달래꽃   50

성색聲色   52

박넝쿨타령   53

눈물이 수르르 흘러납니다   54

가는 봄 삼월   56

못 잊어   57

동경憧憬하는 애인   58

바리운 몸   60

구름   61

그를 꿈꾼 밤   63

님에게   64

부모   65

봄비   66

가을 저녁에   67

만나려는 심사   69

**3**   먼 후일   72

꿈길   74

해가 산마루에 저물어도   75

맘에 속의 사람   76

잠   78

나는 세상 모르고 살았노라   80

산 위에   82

님의 말씀   84

자나 깨나 앉으나 서나   86

반달 87

접동새 88

삭주구성朔州龜城 90

꿈 92

오시는 눈 93

낙천樂天 94

금잔디 95

길 96

산 98

왕십리 100

초혼招魂 102


4 춘향과 이도령 106

저녁때 108

달맞이 111

자주 구름 112

널 114

바라건대는 우리에게 우리의 보습 대일 땅이 있었더면 116

눈 119

차안서선생삼수갑산운次岸曙先生三水甲山韻 120

벗 마을 122

나무리벌 노래 124

눈 오는 저녁 126

비단안개 128

원앙침鴛鴦枕 130

거친 풀 흐트러진 모래동으로 132

야夜의 우적雨滴 134

오과午過의 읍泣　　136
설움의 덩이　　138
부엉새　　140
붉은 조수　　141
천리만리　　143


5　꽃촉불 켜는 밤　　146
깊고 깊은 언약　　148
분粉 얼굴　　149
옛 낯　　151
강촌　　152
불운에 우는 그대여　　153
애모　　155
엄숙　　156
귀뚜라미　　157
황촉불　　159
여수旅愁　　160
희망　　162
기억　　164
바다　　166
봄밤　　167
꿈꾼 그 옛날　　168
고적한 날　　170
바람과 봄　　171
꿈으로 오는 한 사람　　172

1

# 산유화

산에는 꽃 피네
꽃이 피네
갈 봄 여름 없이
꽃이 피네

산에
산에
피는 꽃은
저만치 혼자서 피어 있네

산에서 우는 작은 새요
꽃이 좋아
산에서
사노라네

산에는 꽃 지네

꽃이 지네

갈 봄 여름 없이

꽃이 지네

# 나의 집

들가에 떨어져 나가앉은 멧기슭의

넓은 바다의 물가 뒤에

나는 지으리 나의 집을

다시금 큰길을 앞에다 두고

길로 지나가는 그 사람들은

제각기 떨어져서 혼자 가는 길

하이얀 여울턱에 날은 저물 때

나는 문간에 서서 기다리리

새벽새가 울며 지새는 그늘로

세상은 희게 또는 고요하게

번쩍이며 오는 아침부터

지나가는 길손을 눈여겨보며

그대인가고, 그대인가고

# 풀 따기

우리 집 뒷산에는 풀이 푸르고
숲 사이의 시냇물 모래 바닥은
파아란 풀 그림자 떠서 흘러요

그리운 우리 님은 어디 계신고
날마다 피어나는 우리 님 생각
날마다 뒷산에 홀로 앉아서
날마다 풀을 따서 물에 던져요

흘러가는 시내의 물에 흘러서
내어던진 풀잎은 옅게 떠갈 제
물살이 헤적헤적 품을 헤쳐요

그리운 우리 님은 어디 계신고
가엾은 이내 속을 둘 곳 없어서

날마다 풀을 따서 물에 던지고

흘러가는 잎이나 맘해 보아요

# 엄마야 누나야

엄마야 누나야 강변 살자
뜰에는 반짝이는 금모래빛
뒷문 밖에는 갈잎의 노래
엄마야 누나야 강변 살자

## 님의 노래

그리운 우리 님의 맑은 노래는
언제나 제 가슴에 젖어 있어요

긴 날을 문밖에서 서서 들어도
그리운 우리 님의 고운 노래는
해지고 저물도록 귀에 들려요
밤들고 잠들도록 귀에 들려요

고이도 흔들리는 노랫가락에
내 잠은 그만이나 깊이 들어요
고적한 잠자리에 홀로 누워도
내 잠은 포스근히 깊이 들어요

그러나 자다 깨면 님의 노래는

하나도 남김없이 잃어버려요

들으면 듣는 대로 님의 노래는

하나도 남김없이 잊고 말아요

# 가는 길

그립다
말을 할까
하니 그리워

그냥 갈까
그래도
다시 더 한 번……

저 산에도 까마귀, 들에 까마귀
서산에는 해진다고
지저귑니다

앞 강물, 뒷 강물
흐르는 물은
어서 따라오라고 따라가자고
흘러도 연달아 흐릅디다려

## 잊었던 맘

집을 떠나 먼 저곳에
외로이도 다니던 내 심사를!
바람 불어 봄꽃이 필 때에는
어찌타 그대는 또 왔는가
저도 잊고 나니 저 모르던 그대
어찌하여 옛날의 꿈조차 함께 오는가
쓸데도 없이 서럽게만 오고가는 맘

# 옛이야기

고요하고 어두운 밤이 오면은
어스레한 등불에 밤이 오면은
외로움에 아픔에 다만 혼자서
하염없는 눈물에 저는 웁니다

제 한몸도 예전엔 눈물 모르고
조그마한 세상을 보냈습니다
그때는 지난날의 옛이야기도
아무 설움 모르고 외웠습니다

그런데 우리 님이 가신 뒤에는
아주 저를 버리고 가신 뒤에는
전날에 제게 있던 모든 것들이
가지가지 없어지고 말았습니다

그러나 그 한때에 외워두었던

옛이야기뿐만은 남았습니다

나날이 짙어가는 옛이야기는

부질없이 제 몸을 울려줍니다

# 밤

홀로 잠들기가 참말 외로워요
밤에는 사무치도록 그리워와요
이리도 무던히
아주 얼굴조차 잊힐 듯해요

벌써 해가 지고 어둡는데요
이곳은 인천에 제물포, 이름난 곳,
부슬부슬 오는 비에 밤이 더디고
바닷바람이 춥기만 합니다

다만 고요히 누워 들으며
다만 고요히 누워 들으면
하이얗게 밀려드는 봄 밀물이
눈앞을 가로막고 흐느낄 뿐이야요

# 두 사람


흰 눈은 한 잎

또 한 잎

영嶺 기슭을 덮을 때

짚신에 감발하고 길심매고

우뚝 일어나면서 돌아서도……

다시금 또 보이는

다시금 또 보이는

# 고독

설움의 바닷가의 모래밭이라
침묵의 하루해만 또 저물었네

탄식의 바닷가의 모래밭이니
꼭 같은 열두시만 늘 저무누나

바잽의 모래밭에
돋는 봄풀은
매일 붓는 벌불에 타도 나타나

설움의 바닷가의
모래밭은요
봄 와도 봄 온 줄을 모른다더라

이즘의 바닷가의 모래밭이면

오늘도 지는 해니 어서 져다오

아쉬움의 바닷가 모래밭이니

뚝 씻는 물소리가 들려나다오

# 가을 아침에

어둑한 퍼스레한 하늘 아래서
회색의 지붕들은 번쩍거리며
성깃한 섶나무의 드문 수풀을
바람은 오다가다 울며 만날 때
보일락말락하는 멧골에서는
안개가 어스레히 흘러 쌓여라

아아 이는 찬비 온 새벽이러라
냇물도 잎새 아래 얼어붙누나
눈물에 싸여 오는 모든 기억은
피 흘린 상처조차 아직 새로운
가주난 아기같이 울며 서두는
내 영靈을 에워싸고 속살거려라

‘그대의 가슴속이 가비얍던 날
그리운 그 한때는 언제였었노!’
아아 어루만지는 고운 그 소리
쓰라린 가슴에서 속살거리는
미움도 부끄럼도 잊은 소리에
끝없이 하염없이 나는 울어라

## 그리워

봄이 다 가기 전
이 꽃이 다 흩기전
그린 님 오실까구
뜨는 해 지기 전에

엷게 흰 안개 새에
바람은 무겁거니
밤샌 달 지는 양자
어제와 그리 같이

붙일 길 없는 맘세
그린 님 언제 뵐런
우는 새 다음 소린
늘 함께 들사오면

# 늦은 가을비

구슬픈 날, 가을날은 괴로운 밤 꾸는 꿈과 같이

모든 생명을 울린다

아파도 심하구나 음산한 바람들 세고

둑가의 마른 풀이 갈기갈기 젖은 후에 흩어지고

그 많은 사람들도 문 밖 그림자 볼수록

한 줄기 연기 곁을 길고 파리한 버들같이 스러진다

# 새벽

낙엽에 발이 숨는 못물가에
우뚝우뚝한 나무 그림자
물빛조차 어슴푸레 떠오르는데
나 혼자 섰노라, 아직도 아직도,
동녘 하늘은 어두운가
천인天人에도 사랑 눈물, 구름 되어,
외로운 꿈의 베개 흐렸는가
나의 님이여, 그러나 그러나,
고이도 불그스레 물질러 와라
하늘 밟고 저녁에 섰는 구름
반달은 중천에 지새일 때

## 드리는 노래

한 집안 사람 같은 저기 저 달님

당신은 사랑의 달님이 되고
우리는 사랑의 달무리 되자
쳐다보아도 가까운 달님
늘 같이 놀아도 싫잖은 우리

미더움 의심 없는 모름의 달님

당신은 분명한 약속이 되고
우리는 분명한 지킴이 되자
밤이 지샌 뒤라도 그믐의 달님
잊은 듯 보였다도 반기는 우리

귀엽긴 귀여워도 의젓한 달님

당신은 온 천함*의 달님이 되고
우리는 온 천함의 잔별이 되자
넓은 하늘이라도 좁았던 달님
수줍음 수줍음을 따르는 우리

＊천함: 하늘.

# 작은 방 속을 나 혼자

찬 안개는 덮어 나리는 흰 서리로
처젖은 잎은 아득이는 이 저녁
아, 의지 없는 내 영靈은 떨며 울어라
늙음을 재촉하는 서러운 나이여

가려는 어둠은 나뭇가지에 걸리며
쌔왓는 잎 아래로 뿌려 스며라
먼 지구의 하늘 그림자로 들면서는
검은 머리 하루 함께 스러지어라

# 예전엔 미처 몰랐어요

봄 가을 없이 밤마다 돋는 달도
'예전엔 미처 몰랐어요'

이렇게 사무치게 그리울 줄도
'예전엔 미처 몰랐어요'

달이 암만 밝아도 쳐다볼 줄을
'예전엔 미처 몰랐어요'

이제금 저 달이 설움인 줄을
'예전엔 미처 몰랐어요'

## 월색 月色

달빛은 밝고 귀뚜라미 울 때는
우두키 시멋 없이 잡고 섰던 그대를
생각하는 밤이여, 오오 오늘 밤
그대 찾아 데리고 서울로 가나?

# 사랑의 선물

님 그리고 방울방울 흘린 눈물

진주 같은 그 눈물을

썩지 않는 붉은 실에

꿰이고 또 꿰여

사랑의 선물로서

님의 목에 걸어줄라

2

# 개여울

당신은 무슨 일로
그리합니까?
홀로이 개여울에 주저앉아서

파릇한 풀포기가
돋아나오고
잔물은 봄바람에 헤적일 때에

가도 아주 가지는
않노라시던
그러한 약속이 있었겠지요

날마다 개여울에
나와 앉아서
하염없이 무엇을 생각합니다

가도 아주 가지는

않노라심은

굳이 잊지 말라는 부탁인지요

# 꿈꾼 옛날

흰 눈은 창 아래에 쌓여라, 달 밝은 밤
저녁 어스름 밟고서 그 여자는 왔어라
그리 그립던데 억하여 맞대이며 울어라
그는 첫 말이, 나도 첫 말이, 아! 꿈 아닌가!
흰 눈 쌓여라, 고요히 창 아래 달 밝은 밤
작은 발 흔들리는 그림자, 눈물 어려져
새는 새벽은 눈앞에 그 여자는 갔어라
빈 가지 더듬는 바람소리, 지새이는 달
다시금 흰 눈 날아라, 꿈이요, 인제요

# 기회

강 위에 다리는 놓였던 것을!
건너가지 않고서 저볏는 동안
'때'의 거친 물결은 볼 새도 없이
다리를 무너치고 흘렀습니다

먼저 건넌 당신이 어서 오라고
그만큼 부르실 때 왜 못 갔던가!
당신과 나는 그만 이편 저편서
때때로 울며 바랄 뿐입니다려

# 가련한 인생

가련한, 가련한, 가련한 인생에
첫째는 살음이라, 살음은 곧 살림이다
살림은 곧 사랑이라, 그러면
사랑은 무언고? 사랑은 곧
제가 저를 희생함이라
그러면 희생은 무엇? 희생은
남의 몸을 내 몸과 같이 생각함이다

가련한, 가련한, 가련한 인생
그래도 우선은 살아야 되고
살자 하면 사랑하여야 되겠는데

그러면 사랑은 무엇인고?
사랑이 마음인가
남을 나보다 여겨야 하고
쓴 것도 달게 받아야 한다

살음이 세월인가?

살음의 끝은 죽음, 세월이 빠르잖고

사랑을 함은 죽음, 제 마음을 못 죽이네


살음이 어렵도다, 사랑하기 힘들도다

누구는 나서 세상에 행복이 있다고 하노

# 이불

구름의 긴 머릿결, 향그런 이불

펴놓나니 오늘 밤도 그대 연緣하여

푸른 넌출 눈앞에 벋어 자는 이 이불

송이송이 흰 구슬이 그대 연하여

피어나는 불꽃에 뚫어지는 이 이불

서러워라 밤마다 밤마다 그대 연하여

그리운 잠자리요, 향기 젖은 이불

# 진달래꽃

나 보기가 역겨워
가실 때에는
말없이 고이 보내 드리오리다

영변에 약산
진달래꽃
아름 따다 가실 길에 뿌리오리다

가시는 걸음 걸음

놓인 그 꽃을

사뿐히 즈려 밟고 가시옵소서


나 보기가 역겨워

가실 때에는

죽어도 아니 눈물 흘리오리다

## 성색聲色

아무것도 보지 않으려고 눈 감아도
그 얼굴 얄망궂은 그 얼굴이
또 온다, 까부른다, 해죽이 웃으며
그대여, 비키라, 나는 편히 쉬려고 한다

아무것도 보지 않으려고 이불을 추켜 써도
꼬꾸닥 한다, 이불 속에서 넋맞이 닭이
징 북은 쿵다쿵 꽹, '네가 나를 잊느냐'
그대여, 끊지라, 나는 편히 쉬려고 한다

이것저것 다 잊었다고 꿈을 꾸니
산턱에 청기와집 중들이 오락가락
여기서도 그 얼굴이 꼬깔 쓰고 '나무아미타불'
오오 넋이여, 그대도 쉬라, 나도 편히 쉬려고 한다

# 박넝쿨타령

박넝쿨이 에헤이요 뻗을 적만 같아선
온 세상을 얼사쿠나 다 뒤덮는 것 같더니
하드니만 에헤이요 에헤이요 에헤야
초가집 삼간을 못 덮었네, 에헤이요 못 덮었네

복숭아꽃이 에헤이요 피일 적만 같아선
봄동산을 얼사쿠나 도맡아 놀 것 같더니
하드니만 에헤이요 에헤이요 에헤야
나비 한 마리도 못 붙잡데, 에헤이요 못 붙잡데

박넝쿨이 에헤이요 뻗을 적만 같아선
가을 올 줄을 얼사쿠나 아는 이가 적드니
얼사쿠나 에헤이요 하룻밤 서리에, 에헤요
잎도 줄기도 노구라붙고 둥근박만 달렸네

# 눈물이 수르르 흘러납니다

눈물이 수르르 흘러납니다
당신이 하도 못 잊게 그리워서
그리 눈물이 수르르 흘러납니다

잊히지도 않는 그 사람은
아주나 내버린 것이 아닌데도
눈물이 수르르 흘러납니다

가뜩이나 설운 맘이
떠나지 못할 운運에 떠난 것도 같아서
생각하면 눈물이 수르르 흘러납니다

# 가는 봄 삼월

가는 봄 삼월, 삼월은 삼질
강남 제비도 안 잊고 왔는데
아무렴은요
설게 이 때는 못 잊게 그리워

잊으시기야 했으랴, 하마 어느새
님 부르는 꾀꼬리 소리
울고 싶은 바람은 점도록 부는데
설리도 이 때는
가는 봄 삼월, 삼월은 삼질

# 못 잊어

못 잊어 생각이 나겠지요
그런대로 한세상 지내시구려
사노라면 잊힐 날 있으리다

못 잊어 생각이 나겠지요
그런대로 세월만 가라시구려
못 잊어도 더러는 잊히오리다

그러나 또 한긋 이렇지요
'그리워 살뜰히 못 잊는데,
어쩌면 생각이 떠지나요?'

# 동경憧憬하는 애인

너의 붉고 부드러운

그 입술에보다

너의 아름답고 깨끗한

그 혼에다

나는 뜨거운 키스를……

내 생명의 굳센 운율은

너의 조그마한 마음속에서

그침없이 움직인다

# 바리운 몸

꿈에 울고 일어나
들에
나와라

들에는 소슬비
머구리는 울어라
풀그늘 어두운데

뒷짐지고 땅 보며 머뭇거릴 때

누가 반딧불 꾀어드는 수풀 속에서
'간다 잘 살아라' 하며, 노래불러라

# 구름

저기 저 구름을 잡아타면
붉게도 피로 물든 저 구름을
밤이면 새카만 저 구름을
잡아 타고 내 몸은 저 멀리로
구만리 긴 하늘을 날아 건너
그대 잠든 품속에 안기렸더니
애스러라, 그리는 못한대서
그대여, 들으라 비가 되어
저 구름이 그대한테로 나리거든
생각하라 밤저녁 내 눈물을

## 그를 꿈꾼 밤

야밤중, 불빛이 발갛게
어렴풋이 보여라


들리는 듯 마는 듯
발자국 소리
스러져가는 발자국 소리


아무리 혼자 누워 몸을 뒤척여도
잃어버린 잠은 다시 안 와라


야밤중, 불빛이 발갛게
어렴풋이 보여라

## 님에게

한때는 많은 날을 당신 생각에
밤까지 새운 일도 없지 않지만
아직도 때마다는 당신 생각에
축업은 베갯가의 꿈은 있지만

낯모를 딴 세상의 네 길거리에
애달피 날 저무는 갓 스물이요
캄캄한 어둡은 밤 들에 헤매도
당신은 잊어버린 설움이외다

당신을 생각하면 지금이라도
비오는 모래밭에 오는 눈물의
축업은 베갯가의 꿈은 있지만
당신은 잊어버린 설움이외다

# 부모

낙엽이 우수수 떨어질 때
겨울의 기나긴 밤
어머님하고 둘이 앉아
옛이야기 들어라

나는 어쩌면 생겨나와
이 이야기 듣는가?
묻지도 말아라, 내일 날에
내가 부모 되어서 알아보랴?

# 봄비

어룰없이 지는 꽃은 가는 봄인데
어룰없이 오는 비에 봄은 울어라
서럽다, 이 나의 가슴속에는!
보라, 높은 구름 나무의 푸릇한 가지
그러나 해 늦으니 어스름인가
애달피 고운 비는 그어 오지만
내 몸은 꽃자리에 주저앉아 우노라

# 가을 저녁에

물은 희고 길구나 하늘 보다도
구름은 붉구나 해 보다도
서럽다, 높아가는 긴 들 끝에
나는 떠돌며 울며 생각한다, 그대를

그늘 깊어 오르는 발 앞으로
끝없이 나아가는 길은 앞으로
키 높은 나무 아래로 물마을은
성깃한 가지가지 새로 떠오른다

그 누가 온다고 한 언약도 없건마는!
기다려 볼 사람도 없건마는!
나는 오히려 못물가를 싸고 떠돈다
그 못물로는 놀이 잦을 때

## 만나려는 심사

저녁 해는 지고서 어스름의 길
저 먼 산엔 어두워 잃어진 구름
만나려는 심사는 웬 셈일까요
그 사람이야 올 길 바이 없는데
발길은 누 마중을 가잔 말이냐
하늘엔 달 오르며 우는 기러기

# 먼 후일

먼 훗날 당신이 찾으시면
그때에 내 말이 '잊었노라'

당신이 속으로 나무라면
'무척 그리다가 잊었노라'

그래도 당신이 나무라면
'믿기지 않아서 잊었노라'

오늘도 어제도 아니 잊고
먼 훗날 그때에 '잊었노라'

# 꿈길

물구슬의 봄새벽 아득한 길
하늘이며 들 사이에 넓은 숲
젖은 향기 불긋한 잎 위의 길
실그물의 바람 비쳐 젖은 숲
나는 걸어가노라 이러한 길
밤 저녁의 그늘진 그대의 꿈
흔들리는 다리 위 무지개 길
바람조차 가을 봄 걷히는 꿈

# 해가 산마루에 저물어도

해가 산마루에 저물어도
내게 두고는 당신 때문에 저뭅니다

해가 산마루에 올라와도
내게 두고는 당신 때문에 밝은 아침이라고 할 것입
니다

땅이 꺼져도 하늘이 무너져도
내게 두고는 끝까지 모두 다 당신 때문에 있습니다

다시는, 나의 이러한 맘뿐은, 때가 되면,
그림자같이 당신한테로 가오리다

오오, 나의 애인이었던 당신이여

# 맘에 속의 사람

잊힐 듯이 볼 듯이 늘 보던 듯이
그립기도 그리운 참말 그리운
이 나의 맘에 속에 속 모를 곳에
늘 있는 그 사람을 내가 압니다

인제도 인제라도 보기만 해도
다시 없이 살뜰할 그 내 사람은
한두 번만 아니게 본 듯하여서
나자부터 그리운 그 사람이요

남은 다 어림없다 이를지라도
속에 깊이 있는 것 어찌하는가
하나 진작 낯모를 그 내 사람은
다시 없이 알뜰한 그 내 사람은

나를 못 잊어하여 못 잊어하여
애타는 그 사랑이 눈물이 되어
한끝 만나리 하는 내 몸을 가져
몹쓸음을 둔 사람, 그 나의 사람?

# 잠

생각하는 머리에
누워 보는 글줄에
가깝게도 너는 늘
숨어드네 떠도네

일곱 별의 밤하늘
법쩍이는 깁그물
내 나래를 얽으며
달이 든다 가람물

노래한다 갈잎새
꽃이 핀다 물모래
다복할사 내 베개
네게 맡길 그 한때

하지마는 새로이
내 눈썹에 눈물이
젖는 줄을 알고는
그만 너는 가겠지

두루 나는 찾는다
가신 네가 행여나
다시 올까 올까고
하지마는 얼없다

봄철이면 동틀녘
겨울이면 초저녁
그리운 이 너 하나
외로워서 슬플 적

# 나는 세상 모르고 살았노라

'가고 오지 못한다'는 말을
철없던 내 귀로 들었노라
만수산을 올라서서
옛날에 갈라선 그 내 님도
오늘날 뵈올 수 있었으면

나는 세상 모르고 살았노라
고락苦樂에 겨운 입술로는
같은 말도 조금 더 영리하게
말하게도 지금은 되었건만
오히려 세상 모르고 살았으면!

'돌아서면 무심타'고 하는 말이
그 무슨 뜻인 줄을 알았으랴
제석산 붙는 불은 옛날에 갈라선 그 내 님의
무덤엣풀이라도 태웠으면!

# 산 위에

산 위에 올라서서 바라다보면
가로막힌 바다를 마주 건너서
님 계시는 마을이 내 눈앞으로
꿈 하늘 하늘같이 떠오릅니다

흰 모래 모래 빗긴 선창가에는
한가한 뱃노래가 멀리 잦으며
날 저물고 안개는 깊이 덮여서
흩어지는 물꽃뿐 안득입니다

이윽고 밤 어둡는 물새가 울면
물결 좇아 하나둘 배는 떠나서
저 멀리 한바다로 아주 바다로
마치 가랑잎같이 떠나갑니다

나는 혼자 산에서 밤을 새우고
아침해 붉은 볕에 몸을 씻으며
귀기울고 솔곳이 엿듣노라면
님 계신 창 아래로 가는 물노래

흔들어 깨우치는 물노래에는
내 님이 놀라 일어 찾으신대도
내 몸은 산 위에서 그 산 위에서
고이 깊이 잠들어 다 모릅니다

# 님의 말씀

세월이 물과 같이 흐른 두 달은
길어 둔 독엣물도 찌었지마는
가면서 함께 가자 하던 말씀은
살아서 살을 맞는 표적이외다

봄풀은 봄이 되면 돋아나지만
나무는 밑그루를 꺾은 셈이요
새라면 두 죽지가 상한 셈이라
내 몸에 꽃필 날은 다시 없구나

밤마다 닭소리라 날이 첫시時면
당신의 넋맞이로 나가 볼 때요
그믐에 지는 달이 산에 걸리면
당신의 길신가리 차릴 때외다

세월은 물과 같이 흘러가지만
가면서 함께 가자 하던 말씀은
당신을 아주 잊던 말씀이지만
죽기 전 또 못 잊을 말씀이외다

# 자나 깨나 앉으나 서나

자나 깨나 앉으나 서나
그림자 같은 벗 하나이 내게 있었습니다

그러나, 우리는 얼마나 많은 세월을
쓸데없는 괴로움으로만 보내었겠습니까!

오늘은 또다시, 당신의 가슴속, 속 모를 곳을
울면서 나는 휘저어버리고 떠납니다그려

허수한 맘, 둘 곳 없는 심사에 쓰라린 가슴은
그것이 사랑, 사랑이던 줄이 아니도 잊힙니다

# 반달

희멀끔하여 떠돈다, 하늘 위에,
빛 죽은 반달이 언제 올랐나!
바람은 나온다, 저녁은 춥구나,
흰 물가엔 뚜렷이 해가 드누나

어둑컴컴한 풀 없는 들은
찬 안개 위로 떠 흐른다
아, 겨울은 깊었다, 내 몸에는,
가슴이 무너져 나려앉는 이 설움아!

가는 님은 가슴엣 사랑까지 없애고 가고
젊음은 늙음으로 바뀌어든다
들가시나무의 밤드는 검은 가지
잎새들만 저녁빛에 희끄무레히 꽃지듯 한다

# 접동새

접동
접동
아우래비* 접동

진두강 가람가에 살던 누나는
진두강 앞마을에
와서 웁니다

옛날, 우리나라
먼 뒤쪽의
진두강 가람가에 살던 누나는
의붓어미 시샘에 죽었습니다

*아우래비: 아홉 오라비.

누나라고 불러 보랴
오오 불설워*
시새움에 몸이 죽은 우리 누나는
죽어서 접동새가 되었습니다

아홉이나 남아 되던 오랩동생*을
죽어서도 못 잊어 차마 못 잊어
야삼경 남 다 자는 밤이 깊으면
이산 저산 옮아가며 슬피 웁니다

*불설워: 몹시 서러워.
*오랩동생: 남동생.

# 삭주구성 朔州龜城

물로 사흘 배 사흘
먼 삼천 리
더더구나 걸어 넘는 먼 삼천 리
삭주구성은 산을 넘은 육천 리요

물 맞아 함빡히 젖은 제비도
가다가 비에 걸려 오노랍니다
저녁에는 높은 산
밤에 높은 산

삭주구성은 산 넘어
먼 육천 리
가끔가끔 꿈에는 사오천 리
가다 오다 돌아오는 길이겠지요

서로 떠난 몸이길래 몸이 그리워

님을 둔 곳이길래 곳이 그리워

못 보았소 새들도 집이 그리워

남북으로 오며가며 아니합디까


들 끝에 날아가는 나는 구름은

반쯤은 어디 바로 가 있을 텐고

삭주구성은 산너머

먼 육천 리

# 꿈

닭 개 짐승조차도 꿈이 있다고
이르는 말이야 있지 않은가
그허하다, 봄날은 꿈꿀 때
내 몸이야 꿈이나 있으랴
아아 내 세상의 끝이여
나는 꿈이 그리워, 꿈이 그리워

## 오시는 눈

땅 위에 새하얗게 오시는 눈
기다리는 날에는 오시는 눈
오늘도 저 안 온 날 오시는 눈
저녁불 켤 때마다 오시는 눈

## 낙천樂天

살기에 이러한 세상이라고
맘을 그렇게나 먹어야지
살기에 이러한 세상이라고
꽃 지고 잎 진 가지에 바람이 운다

# 금잔디

잔디
잔디
금잔디

심심산천에 붙는 불은
가신 님 무덤가에 금잔디
봄이 왔네, 봄빛이 왔네
버드나무 끝에도 실가지에
봄빛이 왔네, 봄날이 왔네
심심산천에도 금잔디에

# 길

어제도 하룻밤
나그네 집에
까마귀 까악까악 울며 새었소

오늘은
또 몇십 리
어디로 갈까

산으로 올라갈까
들로 갈까
오라는 곳이 없어 나는 못 가오

말 마소, 내 집도
정주定州 곽산郭山
차 가고 배 가는 곳이라오

여보소, 공중에

저 기러기

공중엔 길 있어서 잘 가는가?


여보소, 공중에

저 기러기

열십자 복판에 내가 섰소


갈래갈래 갈린 길

길이라도

내게 바이 갈 길은 하나 없소

# 산

산새도 오리나무
위에서 운다
산새는 왜 우노, 시메 산골
영嶺 넘어가려고 그래서 울지

눈은 내리네, 와서 덮이네
오늘도 하룻길
칠팔십 리
돌아서서 육십 리는 가기도 했소

불귀不歸, 불귀, 다시 불귀,
삼수갑산에 다시 불귀,
사나이 속이라 잊으련만
십오 년 정분을 못 잊겠네


산에는 오는 눈, 들에는 녹는 눈
산새도 오리나무
위에서 운다
삼수갑산 가는 길은 고개의 길

# 왕십리

비가 온다
오누나
오는 비는
올지라도 한 닷새 왔으면 좋지

여드레 스무날엔
온다고 하고
초하루 삭망朔望이면 간다고 했지
가도가도 왕십리 비가 오네

웬걸, 저 새야
울려거든
왕십리 건너가서 울어나다고
비 맞아 나른해서 벌새가 운다

천안에 삼거리 실버들도

촉촉이 젖어서 늘어졌다데

비가 와도 한 닷새 왔으면 좋지

구름도 산마루에 걸려서 운다

# 초혼 招魂

산산이 부서진 이름이여!
허공중에 헤어진 이름이여!
불러도 주인 없는 이름이여!
부르다가 내가 죽을 이름이여!

심중에 남아 있는 말 한마디는
끝끝내 마저 하지 못하였구나
사랑하던 그 사람이여!
사랑하던 그 사람이여!

붉은 해는 서산 마루에 걸리었다
사슴의 무리도 슬피 운다
떨어져 나가 앉은 산 위에서
나는 그대의 이름을 부르노라

설움에 겹도록 부르노라
설움에 겹도록 부르노라
부르는 소리는 비껴가지만
하늘과 땅 사이가 너무 넓구나

선 채로 이 자리에 돌이 되어도
부르다가 내가 죽을 이름이여!
사랑하던 그 사람이여!
사랑하던 그 사람이여!

4

## 춘향과 이도령

평양에 대동강은
우리나라에
곱기로 으뜸가는 가람이지요

삼천리 가다가다 한가운데는
우뚝한 삼각산이
솟기도 했소

그래 옳소 내 누님, 오오 누이님
우리나라 섬기던 한 옛적에는
춘향과 이도령도 살았다지요

이편에는 함양, 저편에는 담양
꿈에는 가끔가끔 산을 넘어
오작교 찾아찾아 가기도 했소

그래 옳소 누이님, 오오 내 누님
해 돋고 달 돋아 남원땅에는
성춘향 아가씨가 살았다지요

# 저녁때

마소의 무리와 사람들은 돌아들고, 적적히 빈 들에,
엉머구리 소리 우거져라
푸른 하늘은 더욱 낮추, 먼 산 비탈길 어둔데
우뚝우뚝한 드높은 나무, 잘 새도 깃들여라

볼수록 넓은 벌의
물빛을 물끄러미 들여다보며
고개 수그리고 박은 듯이 홀로 서서
긴 한숨을 짓느냐, 왜 이다지!

온 것을 아주 잊었어라, 깊은 밤 예서 함께
몸이 생각에 가비얍고, 맘이 더 높이 떠오를 때
문득, 멀지 않은 갈숲 새로
별빛이 솟구어라

# 달맞이

정월 대보름날 달맞이
달맞이 달마중을 가자고!
새라 새 옷은 갈아입고도
가슴엔 묵은 설움 그대로
달맞이 달마중을 가자고!
달마중 가자고 이웃집들!
산 위에 수면에 달 솟을 때
돌아들 가자고 이웃집들!
모작별 삼성이 떨어질 때
달맞이 달마중을 가자고!
다니던 옛 동무 무덤가에
정월 대보름날 달맞이!

# 자주 구름

물 고운 자주紫朱 구름
하늘은 개여 오네
밤중에 몰래 온 눈
솔숲에 꽃피었네

아침볕 빛나는데
알알이 뛰노는 눈

밤새에 지난 일은……
다 잊고 바라보네

움직거리는 자주 구름

# 널

성춘城村의 아가씨들
널 뛰노나
초파일날이라고
널을 뛰지요

바람 불어요
바람이 분다고!
담 안에는 수양의 버드나무
채색 줄 층층그네 매지를 말아요

담 밖에는 수양의 늘어진 가지
늘어진 가지는
오오 누나!
휘젓이 늘어져서 그늘이 깊소

좋다 봄날은
몸에 겹지
널뛰는 성촌의 아가씨네들
널은 사랑의 버릇이라오

# 바라건대는 우리에게
# 우리의 보습* 대일 땅이 있었더면


나는 꿈꾸었노라, 동무들과 내가 가지런히

벌가의 하루 일을 다 마치고

석양에 마을로 돌아오는 꿈을

즐거이, 꿈 가운데


그러나 집 잃은 내 몸이여,

바라건대는 우리에게 우리의 보습 대일 땅이 있었

더면!

이처럼 떠돌으랴, 아침에 저물 손에

새라 새로운 탄식을 얻으면서


동이랴, 남북이랴,

내 몸은 떠가나니, 볼지어다

희망의 반짝임은, 별빛의 아득함은

물결뿐 떠올라라, 가슴에 팔 다리에

그러나 어쩌면 황송한 이 심정을! 날로 나날이 내 앞에는
자칫 가늘은 길이 이어가라. 나는 나아가리라
한 걸음, 또 한 걸음, 보이는 산비탈엔
온 새벽 동무들, 저 저 혼자······ 산경山耕을 김매는

*보습 : 쟁기 등 땅을 가는 데 쓰는 농기구의 술바닥에 끼우는
　　　넓적한 삽 모양의 쇳조각.

# 눈

새하얀 흰 눈, 가비얍게 밟을 눈
재 같아서 날릴 듯 꺼질 듯한 눈
바람엔 흩어져도 불길에야 녹을 눈
계집의 마음, 님의 마음

# 차안서선생삼수갑산운次岸曙先生三水甲山韻\*

삼수갑산 내 왜 왔노 삼수갑산이 어디뇨
오고 나니 기험奇險타 아하 물도 많고 산 첩첩이라
아하하

내 고향을 도로 가자 내 고향을 내 못 가네
삼수갑산 멀더라 아하 촉도지난蜀道之難이 예로구
나 아하하

삼수갑산이 어디뇨 내가 오고 내 못 가네
불귀不歸로다 내 고향 아하 새가 되면 떠가리라 아
하하

님 계신 곳 내 고향을 내 못 가네 내 못 가네

오다가다 야속타 아하 삼수갑산이 날 가두었네 아

하하


내 고향을 가고지고 오호 삼수갑산 날 가두었네

불귀로다 내 몸이야 아하 삼수갑산 못 벗어난다

아하하


*스승이었던 안서 김억의 '삼수갑산'이라는 시의 운을 이어서 썼다는 뜻.

# 벗 마을

흰 꽃잎 조각조각 흩어지는데
줄로 선 버드나무 동구 앞에서
달밤에 눈 맞으며 놓기 어려워
붙잡고 울던 일도 있었더니라

삼 년 후 다시 보자 서로 말하고
어두운 물결 위에 몸을 맡기며
부두의 너풀리는 붉은 깃발을
어이는 맘으로도 여겼더니라

손의 집 단칸방에 밤이 깊었고
젊음의 불심지가 마저 그무는
사람의 있는 설움 말을 다하는
차마 할 상면까지 모았더니라

쓸쓸한 고개고개 아홉 고개를
비로소 넘어가서 땅에 묻히는
한 줌의 흙집 위에 뿌리는 비를
모두 다로 보기도 하였더니라

끝끝내 첫 상종을 믿었던 것이
모두 다 지금 와서 내 가슴에는
무더기 또 무더기 그 한구석의
거친 두던만을 지을 뿐이라

지금도 고요한 밤자리 속에서
진땀에 떠서 듣는 창지窓紙 소리는
갈대말 타고 노던 예전 그날에
어두운 그림자가 나리더니라

# 나무리벌 노래

신재령新載寧에도 나무리벌
물도 많고
땅 좋은 곳
만주 봉천은 못 살 고장

왜 왔느냐
왜 왔더냐
자곡자곡이 피땀이라
고향산천이 어디메냐

황해도
신재령
나무리벌
두 몸이 김매며 살았지요

올벼 논에 닿은 물은
출렁출렁
벼 자랐나
신재령에도 나무리벌

# 눈 오는 저녁

바람 자는 이 저녁
흰 눈은 퍼붓는데
무엇하고 계시노
같은 저녁 금년은……

꿈이라도 꾸면은!
잠들면 만날런가
잊었던 그 사람은
흰 눈 타고 오시네.
저녁때, 흰 눈은 퍼부어라

# 비단안개

눈들이 비단안개에 둘리울 때
그때는 차마 잊지 못할 때러라
만나서 울던 때도 그런 날이요
그리워 미친 날도 그런 때러라

눈들이 비단안개에 둘리울 때
그때는 홀목숨은 못살 때러라
눈 풀리는 가지에 당치마 귀로
젊은 계집 목매고 달릴 때러라

눈들이 비단안개에 둘리울 때
그때는 종달새 솟을 때러라
들에랴, 바다에랴, 하늘에서랴
알지 못할 무엇에 취할 때러라

눈들이 비단안개에 둘리울 때
그때는 차마 잊지 못할 때러라
첫사랑 있던 때도 그런 날이요
영이별 있던 날도 그런 때러라

# 원앙침鴛鴦枕

바드득 이를 갈고
죽어볼까요
창가에 아롱아롱
달이 비춘다

눈물은 새우잠의
팔굽베개요
봄꿩은 잠이 없어
밤에 와 운다

두동달이 베개는
어디 갔는고
언제는 둘이 자던 베갯머리에
'죽자 사자' 언약도 하여 보았지

봄메의 멧기슭에

우는 접동도

내 사랑 내 사랑

좋이 울것다


두동달이 베개는

어디 갔는고

창가에 아롱아롱

달이 비춘다

# 거친 풀 흐트러진 모래동으로


거친 풀 흐트러진 모래동으로
맘 없이 걸어가면 놀래는 청령蜻蛉


들꽃 풀 보드라운 향기 맡으면
어린 적 놀던 동무 새 그리운 맘


길다란 쑥대 끝을 삼각三角에 메워
거미줄 감아들고 청령을 쫓던


늘 함께 이 동 위에 이 풀숲에서
놀던 그 동무들은 어데로 갔노!

어린 적 내 놀이터 이 동마루는
지금 내 흩어진 벗 생각의 나라

먼 바다 바라보며 우둑히 서서
나 지금 청령 따라 왜 가지 않노

# 야夜의 우적雨滴

어데로 돌아가랴
나의 신세는
내 신세 가엾이도
물과 같아라

험구진 산막지면
돌아서 가고
모지른 바위이면
넘쳐 흐르랴

그러나 그리해도
헤날 길 없어
가엾은 설움만은
가슴 눌러라

그 아마 그도 같이
야의 우적
그같이 지향 없이
헤매임이라

# 오과午過의 읍泣

노란 꽃에 수 놓인
푸른 메 위에
볼 새 없이 옮기는
해 그늘이여

나물 그릇 옆에 낀
어린 따님의
가는 나비 바라며
눈물짐이여

앞길가에 버들잎
벌써 푸르고
어제 보던 진달래
흩어짐이여

늦은 봄의 농사집
쓸쓸도 해라
지겟문만 닫히고
닭의 소리여

벌에 부는 바람은
해를 보내고
골에 우는 새소리
옅어감이여

누운 곳이 차차로
누거워 오니
이름 모를 시름에
해 늦음이여

# 설움의 덩이

꿇어앉아 올리는 향로의 향불
내 가슴에 조그만 설움의 덩이
초닷새 달 그늘에 빗물이 운다
내 가슴에 조그만 설움의 덩이

# 부엉새

간밤에

뒤창 밖에

부엉새가 와서 울더니

하루를 바다 위에 구름이 캄캄

오늘도 해 못 보고 날이 저무네

# 붉은 조수

바람에 밀려드는 저 붉은 조수潮水
저 붉은 조수가 밀려들 때마다
나는 저 바람 위에 올라서서
푸릇한 구름의 옷을 입고
불 같은 저 해를 품에 안고
저 붉은 조수와 나는 함께
뛰놀고 싶구나, 저 붉은 조수와

# 천리만리

말리지 못할 만치 몸무림하며

마치 천리만리나 가고도 싶은

맘이라고나 하여 볼까

한 줄기 쏜살같이 뻗은 이 길로

줄곧 치달아 올라가면

불붙는 산의, 불 붙는 산의

연기는 한두 줄기 피어올라라

5

# 꽃촛불 켜는 밤

꽃촛불 켜는 밤, 깊은 골방에 만나라
아직 젊어 모를 몸, 그래도 그들은
해 달같이 밝은 맘, 저저마다 있노라
그러나 사랑은 한두 번만 아니라, 그들은 모르고

꽃촛불 켜는 밤, 어스러한 창 아래 만나라
아직 앞길 모를 몸, 그래도 그들은
솔대같이 굳은 맘, 저저마다 있노라
그러나 세상은 눈물 날 일 많아라, 그들은 모르고

# 깊고 깊은 언약

몹쓸 꿈을 깨어 돌아누울 때
봄이 와서 멧나물 돋아 나올 때
아름다운 젊은이 앞을 지날 때
잊어버렸던 듯이 저도 모르게
얼결에 생각나는 깊고 깊은 언약

# 분粉 얼굴

불빛에 떠오르는 새뽀얀 얼굴
그 얼굴이 보내는 호젓한 냄새
오고 가는 입술의 주고받는 잔
가느스름한 손길은 아른대어라

검으스러하면서도 붉으스러한
어렴풋하면서도 다시 분명한
줄 그늘 위에 그대의 목소리
달빛이 수풀 위를 떠 흐르는가

그대하고 나하고 또는 그 계집
밤에 노는 세 사람, 밤의 세 사람
다시금 술잔 위의 긴 봄밤은
소리도 없이 창밖으로 새어 빠져라

# 옛 낯

생각의 끝에는 졸음이 오고
그리움 끝에는 잊음이 오나니
그대여, 말을 말아라, 이후부터
우리는 옛 낯 없는 설움을 모르리

# 강촌

날 저물고 돋는 달에
흰 물은 쏼쏼 ……
금모래 반짝 ……
청노새 몰고 가는 낭군!
여기는 강촌
강촌에 내 몸은 홀로 사네
말하자면, 나도 나도
늦은 봄 오늘이 다 진토록
백년처권百年妻眷을 울고 가네
길세 저문 나는 선비
당신은 강촌에 홀로 된 몸

# 불운에 우는 그대여

불운에 우는 그대여, 나는 아노라
무엇이 그대의 불운을 지었는지도
부는 바람에 날려
밀물에 흘러
굳어진 그대의 가슴속도
모다 지나간 나의 일이면
다시금 또 다시금
적황의 포말은 북고여라, 그대의 가슴속의
암청의 이끼여, 거친 바위
치는 물가의

## 애모

왜 아니 오시나요
영창에는 달빛, 매화꽃이
그림자는 산란히 휘젓는데
아이, 눈 꽉 감고 요대로 잠을 들자

저 멀리 들리는 것!
봄철의 밀물 소리
물나라의 영롱한 구중궁궐, 궁궐의 오요한 곳
잠 못 드는 용녀의 춤과 노래, 봄철의 밀물 소리

어두운 가슴속의 구석구석……
환연한 거울 속에, 봄 구름 잠긴 곳에
소슬비 내리며 달무리 둘려라
이토록 왜 아니 오시나요, 왜 아니 오시나요

# 엄숙

나는 혼자 뫼 위에 올랐어라
솟아 퍼지는 아침 햇볕에
풀잎도 번쩍이며
바람은 속삭여라
그러나
아아 내 몸의 상처받은 맘이여
맘은 오히려 저리고 아픔에 고요히 떨려라
또 다시금 나는 이 한때에
사람에게 있는 엄숙을 모두 느끼면서

# 귀뚜라미

산바람 소리
찬비 뜯는 소리
그대가 세상 고락 말하는 날 밤에
순막집 불도 지고 귀뚜라미 울어라

# 황촉불

황촉불, 그저도 까맣게
스러져가는 푸른 창을 기대고
소리조차 없는 흰 밤에
나는 혼자 거울에 얼굴을 묻고
뜻 없이 생각 없이 들여다보노라
나는 이르노니, '우리 사람들
첫날밤은 꿈속으로 보내고
죽음은 조는 동안에 와서,
별 좋은 일도 없이 스러지고 말어라'

# 여수旅愁

1

유월 어스름 때의 빗줄기는
암황색의 시골屍骨을 묶어세운 듯
뜨며 흐르며 잠기는 손의 널쪽은
지향도 없어라, 단청丹靑의 홍문紅門!

2

저 오늘도 그리운 바다
건너다보자니 눈물겨워라!
조그마한 보드라운 그 옛적 심정의
분결 같던 그대의 손의
사시나무보다도 더한 아픔이
내 몸을 에워싸고 휘떨며 찔러라
나서 자란 고향의 해 돋는 바다요

# 희망

날은 저물고 눈이 내려라
낯선 물가로 내가 왔을 때
산속의 올빼미 울고 울며
떨어진 잎들은 눈 아래로 깔려라

아아 숙살肅殺스러운 풍경이여
지혜의 눈물을 내가 얻을 때!
이제금 알기는 알았건마는!
이 세상 모든 것을
한갓 아름다운 눈어림의
그림자뿐인 줄을

이울어 향기 깊은 가을밤에
우무주러진 나무 그림자
바람과 비가 우는 낙엽 위에

# 기억

달 아래 시멋 없이 섰던 그 여자
서 있던 그 여자의 해쓱한 얼굴
해쓱한 그 얼굴 적이 파릇함
다시금 실뺀듯한 가지 아래서
시커먼 머릿길은 번쩍거리며
다시금 하룻밤의 식는 강물을
평양의 긴 단장은 슷고 가던 때
오오 그 시멋 없이 섰던 여자여!

그립다 그 한밤을 내게 가깝던
그대여 꿈이 깊던 그 한동안을
슬픔에 귀여움에 다시 사랑의
눈물에 우리 몸이 맡기었던 때
다시금 고즈넉한 성 밖 골목의
사월의 늦어가는 뜬눈의 밤을
한두 개 등불 빛은 울어 새던 때
오오 그 시멋 없이 섰던 여자여!

# 바다

뛰노는 흰 물결이 일고 또 잦는
붉은 풀이 자라는 바다는 어디

고기잡이꾼들이 배 위에 앉아
사랑 노래 부르는 바다는 어디

파랗게 좋이 물든 남藍빛 하늘에
저녁놀 스러지는 바다는 어디

곳 없이 떠다니는 늙은 물새가
떼를 지어 좇니는 바다는 어디

건너서서 저편은 딴 나라이라
가고 싶은 그리운 바다는 어디

# 봄밤

실버드나무의 거무스레한 머릿결인 낡은 가지에
제비의 넓은 깃 나래의 감색 치마에
술집의 창 옆에 보아라, 봄이 앉았지 않는가

소리도 없이 바람은 불며 울며 한숨지어라
아무런 줄도 없이 섧고 그리운 새카만 봄밤
보드라운 습기는 떠돌며 땅을 덮어라

## 꿈꾼 그 옛날

밖에는 눈, 눈이 와라
고요히 창 아래로는 달빛이 들어라
어스름 타고서 오신 그 여자는
내 꿈의 품속으로 들어와 안겨라

나의 베개는 눈물로 함빡이 젖었어라
그만 그 여자는 가고 말았느냐
다만 고요한 새벽, 별 그림자 하나가
창 틈을 엿보아라

# 고적한 날

당신님의 편지를
받은 그날로
서러운 풍설이 돌았습니다

물에 던져달라고 하신 그 뜻은
언제나 꿈꾸며 생각하라는
그 말씀인 줄 압니다

흘려 쓰신 글씨나마
언문 글자로
눈물이라고 적어 보내셨지요

물에 던져달라고 하신 그 뜻은
뜨거운 눈물 방울방울 흘리며
맘 곱게 읽어달라는 말씀이지요

## 바람과 봄

봄에 부는 바람, 바람 부는 봄
작은 가지 흔들리는 부는 봄바람
내 가슴 흔들리는 바람, 부는 봄
봄이라 바람이라 이 내 몸에는
꽃이라 술잔이라 하며 우노라

# 꿈으로 오는 한 사람

나이 차지면서 가지게 되었노라
숨어 있던 한 사람이, 언제나 나의
다시 깊은 잠 속의 꿈으로 와라
불그레한 얼굴에 가늣한 손가락의
모르는 듯한 거동도 전날의 모양대로
그는 야젓이 나의 팔 위에 누워라
그러나, 그래도 그러나!
말할 아무것이 다시 없는가!
그냥 먹먹할 뿐, 그대로
그는 일어라, 닭의 홰치는 소리
깨어서도 늘, 길거리에 사람을
밝은 대낮에 빗보고는 하노라

# 김소월 시집
## 컬러 일러스트
ⓒ 김소월, 2024

초판 1쇄 2024년 4월 17일 찍음
초판 1쇄 2024년 5월 5일 펴냄

지은이 | 김소월
펴낸이 | 이태준

인쇄·제본 | 지경사문화

펴낸곳 | 북카라반
출판등록 | 제17-332호 2002년 10월 18일

주소 | (04037) 서울시 마포구 양화로7길 6-16 서교제일빌딩 3층
전화 | 02-486-0385
팩스 | 02-474-1413

ISBN 979-11-6005-136-0 03810
값 13,000원